KB081973

사랑, 그 뒤에

사십편시선 010

이규배 시집

사랑, 그 뒤에

2014년 5월 5일 제1판 제1쇄 인쇄
2014년 5월 12일 제1판 제1쇄 발행

지은이 이규배
펴낸이 강봉구

편집 김희주
디자인 bonggune
인쇄제본 (주)아이엠피

펴낸곳 작은숲출판사
등록번호 제406-2013-000081호
주소 100-250 서울시 중구 퇴계로 32길 34 (예장동) 2층
전화 070-4067-8560
팩스 0505-499-8560
홈페이지 http://cafe.daum.net/littlef2010
이메일 littlef2010@daum.net

ⓒ 이규배

ISBN 978-89-97581-46-7 03810
값 8,000원

※이 책은 저작권법에 따라 보호받는 저작물이므로 무단 전재와 무단 복제를 금합니다
※이 책의 전부 또는 일부를 이용하려면 반드시 저작권자와 '작은숲출판사'의 동의를 받아야 합니다.

사랑, 그 뒤에

이규배 시집

작은숲

| 시인의 말 |

잔설(殘雪)을 밀고

한 뿌리 히아신스 싹이 올라왔을 때

밤새 괴로워하던 모든 일들은 헛된 것

움이 트고 있는 꽃나무 가지에

이슬처럼 달렸다가

울음을 쏟아낸 빈 마음으로 떨어지거라

| 차례 |

제3부 사모곡(思母曲)

제4부 교감(交感)

제1부

사랑, 그 뒤에

사랑

눈보라여

얼음벽을 깨트리며 몰려오는

눈보라여

붉은 숯 달아 타는 가슴속

두어 낱 눈썹 눈물 그어

불을 일으킨

새벽

두 귀는

양귀비 꽃잎으로

피어

숯이 들려주는 피의 사랑을

활활

눈에 등불 걸었다

해당화 붉은 꽃잎

복숭아 빛 네 젖꼭지 위에 붉은 꽃잎 하나 얹어놓고
이 세상 마지막 숟가락 들고 하늘 가는 날을 생각해 봤다
젊은 날 피 한 방울까지 사랑한 당신
진물 흘러내리는 몸뚱어리의 상처를 핥아주며
서로의 눈 안에 자라나는 자식들의 앞날을 염려하였다
세월은 흘러서 가지 않는 괘종시계
녹슬은 태엽과 같이 힘겨워진 나날들
푹푹한 붉은 꽃 그대 골반에도 흰 서리 내리고
겨울 배추처럼 말라 푸스스 이 세상 떠나갈 즈음
나는 흰나비 떼 흰나비 떼 눈송이로
당신 이마 위에 날아가 내려
밀생(密生)한 가시
찔려 가며 꽃 피우며 지새웠던 하 많은 밤들
아릿아릿 향기로웠다고…….
가슴에 덮어둔 마른 꽃 이파리의 자국을
파르스레한 손가락으로 가리키며 죽어가고 싶었다.

집어등(集魚燈)

기느다란 붓꽃이 목을 꺾고

진보랏빛 이슬을 눈물인 양 떨구던 날

타향에서 울었다 나는

새도록 수런거리며 바다로 밤이 되었다.

먼 데서 먼먼 바다의 끝에서

치사량의

수은(水銀)만큼 정직하지 못한 울음을 쏟으며

쓰러진 밤

누군가 찾아 주었으면 싶었다.

이제사 와 주는가 아내는

사위에 흩어져 떠도는 사내의 슬픔

배 띄워 등마다 불 밝히고

한 데 모아 건져 주려는가 아내는

바다가 밝아오면서

고깃배가 돌아오기 시작했다.

나는

이슬 맺힌 붓꽃 이파리 같은 아내를

생각하며

쓰러진 몸을 일으켜

새벽 부두를 서성이고 있었다.

석류나무가 밤새 울었다

사랑아 언 입술 갈라져 피어나던 꽃술처럼
꽃잎, 꽃잎 오디 빛 피 타 오르던
스무 살 가슴에 고개 꺾여 울던 사랑아
먹먹한 뉘우침의 방울방울
석류나무 붉은 상처로 매달려 온밤을
아아, 온밤을 울고 있는 것이냐?

사랑, 그 뒤에

나는 믿어왔다, 빈집을 떠나

햇살 멍드는 바다 끝 하늘로 당신이

사라지고

집중되는 바람소리,

빈 눈에 쓸어안고 말라가는 영원의 날을.

그러나 당신

산산이 부서져 흩어진 날로부터,

바삭거리며 마르는 검은 눈동자의

나는

당신

살 냄새 한 점 걸리지 않는 거미줄을 치고

밤이슬에 젖어가며

처마 밑을 기어 다니는

눈 먼

늙은 거미가 된 것인가?

달과 함께 호수에서 자다

열병 앓던 핏물 기다림도

끝나버렸을 것만 같은 가을

파리한 빛깔 너울지는 물결

문짝 두 개로 달빛이 누워 있다

못 다 식은 가슴

가슴 달빛은

앞산이 밝도록 먼먼 산

서릿바람 함께 찾아 와서

파문(波紋), 파문

뒤척대며 출렁이고 있는가?

달빛 눈동자

머리맡 얼어가는
물그릇에 비치이던
당신 웃는 얼굴
붉은 꽃불 덩이덩이
따스한
감나무 가지 끝
달빛 눈동자로
어리어 오는구나.
골목골목
절뚝이다 돌아온
식어버린 찬 방,
빈 가방
빈 지갑
영웅처럼 안아주던
당신 따순 미소
따순 목소리

윗목 웃풍 차디찬

언 물그릇에

따뜻이 떠 빛나던

그 겨울날,

달빛

착한 눈동자여!

남천(南天)

바람 불고 눈이 치는 밤에
나는 찾아 갔다 남천의 뿌리에게
나는 두려워 뒷걸음질 쳤지만
바람은 전깃줄을 흔들며 울었다.
괜찮아, 괜찮아, 사내여
독한 술 냄새는 나지 않았지만
남천의 목소리는 취해 있었다
캄캄한 그 빈집에 돌아가 울고
있는 얼굴을 보이는 것이 두려워
눈가루를 뿌리며 선 수백의
붉은 눈동자, 흔들리는 눈빛에
나는 등을 보이고 말았다.

빈집의 비

파초 같은 가을 하늘

살로 와서 살을 일으키고 몸을 끌어

전깃줄에 걸렸거나

가지 끝에 매달렸거나

귀 끝에 열렸다가

머릿속을 돌아 넘쳐

훅

달아오르는 눈동자에 여울져

흘러내리는

비

는

이별 뒤에

가슴의 용암은 식어 굳었다
눈바람은 와 갈 줄 모르고
둘로 나뉘어 찢겨지는 소리가 들렸다
티라노사우루스 발톱 화석 같은
보라색 상처가 터지는
터지어
부서지는 소리가 겨울 소나기처럼 쳤다
청태(靑苔) 낀 아궁이
폐가 흙담에 걸린
능구렁이가 벗어놓고 간 허물 같은
여자
칼날 눈보라 빈 속을 긁고 긁고
그 여자
겨울바다에 다 와가는 언 강으로 엎드려
얼음 살갗 속 심장의 온기로
몸속 박힌 황홀한 뿌리를

끌어안고 다시 울음이

용암 같은 울음이

터지고 있었다,

이별 뒤에.

제2부

설잠(雪岑)

벼랑 끝에서

나는 어디로 가나?

아스피린 가루

눈이

쏟아지는 벼랑 끝

천 길 물바다인데

문드러진

손가락이

잡은 사연

놓쳐 버리고 말 것 같은데

끊어진 혈관

흐르는

천 길

끝

놓치고

말 것 같은데

나는

어디로 가나?

대추나무 앞에서

조금 전까지 떠 있던
반달은 어디 가고
우박을 맞고 서 있는가
당신과 나는 닮아서
잃은 것이 닮아서
애처로운 눈을 주던 우리는
달빛은 어디 두고
우박을 맞고 서 있는가
얼마나 짙은 물을 들이려고
여린 마음에
얼마나
붉은 물을 들이려고

겨울비

고맙구나, 참으로! 겨울에 나리는 비여.

검푸른 시간의 서슬은 왔다가 가는구나.

믿음이 의심으로 바뀌고, 당신.

어리석고도 지독한 새벽이었다. 나뭇잎처럼

젖고 있는 얼굴, 얼굴들! 고맙구나,

참으로! 여명에 나리는 비여.

환멸 그리고 새벽 3시 39분

내장이 빠져나간 내면을 숨기기 위해
단풍은 풍성하게도 곱다 첫눈이
오는 곧 비가 올 것 같은
유리창 앞 침묵을 견디느라 고통스러워진
그는 아직도 미련스러운 믿음 따위에
새벽 3시 39분까지 한 자리에 있다
빈 담뱃갑을 움켜 쥔 지친 눈앞에
사우나 스킨로션 냄새가 풍기는 폐가의
창이 관짝처럼 열린다 매혹적인
냄새와 온도다 이런 날씨는!
울부짖음이 똬리를 튼 속에서
새어나오는 울음은 언제나 구렁이처럼
바닥으로만 기어간다 축축 첫눈이
단풍에 나려 죽는 새벽 3시 39분 이러한
침묵의 환멸이 나는 아직도 믿어볼 가치가
있다고 생각한다!

겸손과 교만

바람에 잎새는 흔들렸다.

그는 잎새처럼 흔들렸다.

그가, 나는

나무 같은 자세로 살아왔다고 생각했다.

나는 그의 교만을 정의했다.

흔들리는 잎새의 표정이 궁금했지마는 묻지 않았다.

그가 서 있는 나무의 새는 날아갔고

돌아오지 않았다.

그는 외로운 나무였을 것이라 한때 생각했다.

나는 자신이 없어졌다.

새벽 5시 13분 비가 오는

마음이 더 얼어붙으면 비는
눈으로 내릴 것인가 붉은
시월의 나뭇잎들이 전해주는
어리석은 속삭임들을 듣고 있기라도
한 듯 여기서 무슨 희망의 장면을
볼 수 있다고 낡은 사진첩과 무거운
일기장을 짊어진 어깨 위
독한 술을 털어 넣듯 소리 없이
웃고 있는 흰 이빨같은 비가 나리는 빈집
어두운 등 뒤, 바람들은
창호지 문살 같은 무늬로 납작납작
달라붙어 펼쳐 보아야 이미
눈을 뜨지를 않는다 미안하구나
감당할 수 없었던 슬픔들이여
되돌릴 수 없었던 증오들이여
새벽 5시 13분 비가 오는.

11월 수로에서

물이 마른 수로, 붕어의 비늘은 고통스럽다.
달이 깊어지면서 지느러미는 수초와
함께 생각한다. 깊은 물을 찾아 떠나야하는데
아무래도 그러한 재치는 비겁하다는 생각이다.
입술이 닫힌 녹슨 수문 11월의 수로에서
위액(胃液)이 역류하고 견딘다는 의미는
배꼽의 통증을 잊는 체념으로 바뀌어간다.
입을 열어 물고 검은 하늘로 오르고 싶지만
윤회에 대한 확신은 11월 수로에서
산다는 것을 비루한 집착으로
바꾸어 놓는다. 열리지 않는 수문
비늘이 마른 수로는 역시 수로가 아니다.
한때 서로의 몸이 적셔졌을 뿐, 그렇다
무엇이 위대한 것인지 생각하려들지 않을 뿐
말라 얼어가는 수초 속 꿈틀대는 지느러미는
달빛 비린 눈동자를 믿기로 한다.

설잠(雪岑)

눈은 죽은 것 위에서
죽어가다가 산다
눈인지도 모르고 눈은 오다 생각은
벼랑 아래로 떨어져
날릴 때
죽었던 눈이라는 것을 알까 누구인지
모르는 채 오는 눈은
벼랑 끝 나무에 목을
매달은 늙은 남자의 식은 목덜미를 덮고
이마에 싸늘한 은등(銀燈)을 켠다
축축
팔과 다리와 몸통을 늘어뜨린 눈은
죽어가며 살아가는 의미를 깨우며
얼마나 더 매달려 있다가
여길 떠날까
벼랑 위 새가 날아와 눈밭에

푸르스름

조(鳥), 조(鳥) 찍어 놓고 난다

눈에

덮이는 신발 한 쌍은

복숭아 뼈 온기가

그립고 그립다 팔과 다리와 몸통을

축

늘어뜨린 채

매달렸다가

눈을 뜨고 축축 나리는 눈은.

뻔뻔한 그 골목길에 봄이 올 때

연초록 잎새들의 어리석은 사랑이 시작되었을 때
옛 눈이 축축 죽는다 두 개의 건전지가
수명을 다할 때까지 민감한 인형은 미련한 신념으로
누구도 추지 않는 오래 전의 춤을 추고 있을 것이다
유리창이 깨어지고 핸들이 빠진 자동차처럼
앞으로 가지 않는 기억에 모래가 날리고
녹슨 철문 안 표정을 바꿀 줄 모르는 개는
꽃망울의 게으름에 대해 한 번도 의심하지 않았다
연초록 잎새들의 어린 사랑이 시작되었을 때
비가 오고 그의 기억에 진흙 발자국이 찍힌다
그 골목길로 돌아오던 옷핀으로 노랑
이름표를 젖꼭지 위에 단
이마를 덮은 앞머리가 삐뚤빼뚤, 내장이 발린 북어 같은
한 쪽 눈에는 마른 눈물 눈곱이 꼈고
한 쪽 눈에는 게으른 꽃망울이 담겼고 뻔뻔한
그 골목길은 표정을 바꿀 줄 모른다

연초록 잎새들의 어리석은 사랑이 끝났을 때…….

능구렁이

한낮 능구렁이는 돌 틈에서 잠을 잤습니다.

능구렁이는 잠에 취해 제 울음이 은백색 뱃가죽을 홈빡 적시는 줄 몰랐습니다.

한밤 능구렁이는 제 슬픔의 허물을 허물허물 벗어놓고 흙담 아래를 기어갔습니다.

누군가 탱자나무 가시에 걸어 놓은 슬픈 허물은 비늘비늘 빛나고 있었습니다.

비가 오는 날

문을 열면 탱자나무 가시에서 풍겨오는 슬픈 비린내에 코가 아렸습니다.

능구렁이는 가서 오지 않고 슬픈 허물만 가시에 허물허물 걸려 있습니다.

마른 마당에

소낙비가 흙냄새를 일으키며 투닥투닥 치기 시작하면

탱자나무 가시에 걸려 있던 능구렁이 슬픈 허물이 몸에 씌워질 것만 같아 문을 닫고 기어다니며 비늘비늘 나가지 않는 날이

많았습니다.

제3부

사모곡(思母曲)

꽃나무

꽃이 지는 꽃나무는

내 손 끌어당겨 입 맞추고

미소하며 숨이 멎었다

그 입술 그 숨소리는

살갗에 붙어

당신이 그리울 때마다

보라색 꽃들은 피어날 거다

마지막 바라보던

그 눈빛 꺼져가고

나 또한

나무가 되어

당신이 피웠던

수만 꽃을 피웠다가

영영

불어오는 숨결을

자식들

살갗에 붙여 주며

미소하고

숨이 멎어 버릴 것이다

빈집 마당을 쓸다가

가도 가도 진물 흐르는 눈은 떠 있더라

고개 부러진, 핏물
꽃나무
부릅뜬 눈 떠 있더라

홍건한 꽃잎
마당

무엇을 보고자 눈을 감지 못하는가

아픈 바람만 담을 뿐

무엇을 보고자 눈을 감지 못하는가

쓸어도

쓸어도

아파
오는

눈동자만
휑하더라!

먼 기억

골목에 쌓인 눈가루가 바람에 날아와 부딪히는
유리창에
손가락이 시리도록 엄마, 엄마 쓰면
어둠은 아이를 벽으로 밀어붙였다
손톱에 긁히는 딱딱한 밤하늘
촛불의 심지도 다 타 버린 검은 찬 방에
호빵처럼 푹한 달빛은
스미어왔다

초겨울 어린 자식들과 포도를 먹다가 껍질 벗겨진 포도 알의 핏줄을 보며 어머니 눈동자가 서러워

밀가루를 이고 연탄을 꿰어 들고

눈길 걸어와 물 끓여 수제비 뜨며

울고 있는 어머니

눈물 말라붙어 눈이 발갛던

미소가 하늘에서 번져왔다

만월(滿月)

주린 창자로 흘러오는 밥물같이 따스한 달빛

밀린 육성회비 이고 오던 엄마 발자국, 사북사북

눈길에 쏟아지다.

돌아가신 어머님의 몸을 닦으며

반듯이 누우신 어머님하, 어머님하.

납작이 엎어진 놋사발 두 개의 젖가슴이시여.

일만 사발의 젖물, 일만 사발의 정화수, 삼만 사발의 눈물하.

초록 잎새에 잔설(殘雪)이 녹는 호랑가시 나무에

아기 참새가 가지를 옮겨 날며

알알이

붉은 열매의 눈가루를 날린다

어느 집 사나운 개의

밥그릇 먹이를

어미 참새가

몰래 물고 돌아오는 아침,

아침의 눈가루는 날리어

눈썹에

열리고

먼 산의 어머님은

온밤 새

울다 가시었는가?

퇴원하고 나온 새벽, 잠이 든 자식들을 보며

다시 질척이고 있는

나를 감아 버리고

지난 일들은 내려놓아야 하지 않겠느냐

묵었던 슬픔 쓰레기봉투에 넣어 묶어두고

새끼들 깨워 세수시키고

밥 먹일 준비를 해야 하지 않겠느냐

어둑한 새벽

목련나무 라일락나무 사이 빨랫줄에

널어 놓인 축축한

아픔들

책가방 들고 학교 가는 자식들 등 뒤

아침 햇살에 스러져 나갈 것을

껍데기를 깨고 나온

어린 새 날갯짓에도 밤사이 이슬들

가지에 열렸다가 스러지고 말 것을

아비라는 것이 되어서 나여

이제 그만 일어나야 하지 않겠느냐

잊히지 않는 마음

얼다가 마는 비, 비는 잊다가 잊지 못하는 마음

얼다가 마는 비, 비가 나리는

잊히다 잊히지 않는 마음

어쩌라고

못 잊는 어린 마음

꽃 피는 봄, 봄날에도 잊히다 비가 나리는 마음

마음에 나려 젖는, 잊다가 비가 나리는 마음

나려 젖다가 다시 얼어가는

녹다가 어는 마음

어쩌라고

잊히다 잊히지 않는 마음

꽃 피는 봄, 봄날에도 잊히다 비가 나리는 마음

제4부

교감(交感)

미명에

여기서 손을 놓쳐 버리고 마는 것인가?

아뜩한 새벽 밑바닥,

숨을 쉴 힘이 남았다면, 바람이여

더 울어야 하리.

교감(交感)

- 이시영(李時英) 조

목련나무와 라일락나무의 사이에서 팽팽히 당겨진

주황색 나일론 빨랫줄이 끊어지고

와르르

꽃이 지는 바람 부는 저녁

봄 바다를 나는 갈매기의 늙은 울음 너머 돋는

저녁달,

바람은

모가지가 선뜩한 날을 세웠나 보다.

불안[懼]

구운 햄이 얹어진 물 말은 밥숟가락을 들고
“이 밥 다 먹으면 엄마 와?”
외할머니를 쳐다보던
다섯 살 어린 눈동자에 어렸던 마음,
처마 곁 나뭇가지에서
고개를 두리번 울고 있는
아기 새의 종종 뛰는 여린 발가락
눈빛 비치어 타는 아침,
마음.

소금밥

찬 방에서 언 밥처럼
창자에 뭉쳐지며 흘러내리는
소금 눈물
세상이 속여도
마음은 소금밥 아니라지만
눈물
버무려지는
삶은
한 덩어리
짠
소금
같은.

가을, 사마귀 교미 중에

대가리부터 파먹히는 수컷의 어짊을

이해하노라!

나는 간혹

나를 비롯한 사람들을 모를 때가 많다.

귀가(歸家)

먹이를 물고 돌아와

보이지 않는

아기를 찾아 고개를 두리번거리는

달이 오르는 녹 슬은 물받이에

아비 새

울음소리

쟁쟁하다

겨울 오는 무렵 망우동 누나는 하늘에 올라갔다

앞마당에서 누나가 따다 주던 붉은

동그란 꽈리도 춥고

논바닥에 살얼음 끼는 아침

맨발 벗었던 누나

열 발가락 송이송이 붉어지는 하늘 문

꽃 그림 그려진 나일론 보자기

돼지고기 소고기 정종을 싸들고 와

붉은 노래 울며 미소하다 흐느끼다

올빼미 울음 꽃 밤하늘 수틀에 새겨지던 노랫소리

비행기 가르는 하늘 좁은 골목길

젓가락 장단 소리 담장을 넘고

앵두 알 앵두 알 발가락 씻겨주던 누나

우물가 허리 굽은 높은 언덕 둥구나무처럼

아버지 서 계시는

하늘의 문 올라가,

미륵의 미소 짓는 너른 품

앞니 빠져 지붕 던지던 어린애처럼

누님!

자식들 다 키우고 저 또한 가 안기겠노라고

전하여 주십시오.

소리에 대한 기억

늦은 저녁 플라스틱 차양을 투닥이는 굵은 빗방울 소리,

쌀뒤주 바닥을 닥닥 긁다가 무릎을 끌어안고 오래 울고 있는 어린 누이의 흐느끼는 소리, 붉게 달아오른 연탄, 양은솥에 맹물 끓는 소리,

늦은 밤 대문이 열리고 짐자전거에 팔리지 않은 배추를 싣고 돌아오는 아버지의 늙은 자전거 바퀴 소리,

영어책을 소리 높여 읽어대는 서툰 발음 소리, 빗소리 큰 소리,

금이 간 날개가 돌아가는 힘겨운 선풍기 소리, 젖은 교복을 다리는 소리,

밤새 울부짖다 잦아드는 이웃집 소리,

아침 참새의 소리, 국숫물이 끓는 소리,

겨드랑이 털이 올라오는 소리,

멀리서 굴러오는 아버지 짐자전거 바퀴 소리는

찌릉찌릉 종을 울리며 여름햇살을 묶어 싣고 온다.

돈암동 누나가 하늘 가신 봄

회사 갔던 수숫대 같은 누나가 수수 잎 바람 소리를 내며 수수꽃 웃음으로 건네주던

놋세숫대야 물에 곰보가 된 달이 비치인 듯

소보록한 소보로빵

앞니 빠지는 동생에게 먹여지던 바스락거리고 향긋하고 달콤했던 밤하늘은 가고.

머리숱 적어지고 희끗희끗 흰 머리 비치고 말도 많아지고

붉은 깨꽃처럼 눈이 달아오른 동생은

울음을 삼키는 조카딸을 안고 "괜찮아, 괜찮아." 토닥거리고 쓸어주고

지네처럼 기어오르는 향불 연기를 울칵 삼키고

또 깨꽃처럼 붉게 달아오르는 눈을 훔치고

흰 국화 꽃잎 이빨들은

성깃성깃 빠져 향불 아래 떨어진다.

그래도 걸어가야지[行路難]

삶이란 것은 얼마나 고단하며 다사로운 것이냐

밤새 잠을 이루지 못하고 문을 열고 나섰을 때

골목 가득 빛나는 떳떳한 아침 햇살 속에서

쓸쓸했던 인생은 다시 새로운 것

잔설(殘雪)을 밀고

한 뿌리 히아신스 싹이 올라왔을 때

밤새 괴로워하던 모든 일들은 헛된 것

움이 트고 있는 꽃나무 가지에

이슬처럼 달렸다가

울음을 쏟아낸 빈 마음으로 떨어지거라

가난할 때의 사귐을 담배 연기처럼 뿜어 보내고

가슴에 꽃불을 비빈 벗을 원망하는 것 또한 헛된 것

겨울 바다를 건너온 봄의 손길은

외진 길목의

어느 눈물도 쓸어 주지 않은 데가 없다

행복한 저녁밥상

- 박재삼의 「홍부부부상」 조

신부는 저녁밥을 지어놓고
문설주에 대인 귀가 붉어졌을 것이다 신랑은
세상에 졌거나 이겼거나 신부에게 돌아오니
신부의 귓불은 또한 뜨거워졌을 것이다
평생에 죄를 짓지 못하는 물빛 신랑은
하늘 한번 올려다보고 땅 한번 내려다보고
간혹 한숨을 절뚝이다가 돌아왔을 것이지마는
도란도란 김이 오르는 밥상 앞에 앉았을 것이고
찌개 냄새 나물 냄새 숟가락 소리 젓가락 소리
웃음을 나누던 어느 달빛 아래
속눈썹은 떨리다가
물빛 구슬이 구르기도 했을 것이다
석 삼 년 석 삼 년
마주보는 달빛 구슬은 굴러
더러 깨어져 모가 났던 마음도 둥글어지고
석 석 삼 년 석 석 삼 년

거울처럼 닮아진 두 마음에 소스라쳐

소스라치며 궁구르는 화안한 구슬들이

정갈한 빛깔로 반짝이는 행복한 밥상,

그렇게 마주앉은 신부와 신랑이었을 것이다

해설

| 해설 |

‘대가리부터 파먹히는 수컷의 어쥚’에 대한 이해

오철수(시인·평론가)

나는 그를 그의 대학 시절부터 보아왔다. 귀공자처럼 생긴 얼굴에 커다란 눈 그리고 변혁적 열정에 불타던 한 청년! 날카로운 지성으로 이 세상을 대상화하여 사유하던 그 유쾌함, 고집스러운 명철함이 그로부터 이십여 년이 지나 다음처럼 말한다는 것은 놀라운 일이다.

대가리부터 파먹히는 수컷의 어쥚을

이해하노라!

나는 간혹

나를 비롯한 사람들을 모를 때가 많다.

-「가을, 사마귀 교미 중에」 전문

그가 '대가리부터 파먹히는 수컷의 어짊'을 말한다. 많은 시간이 흐른 것이다. 시간의 겹들이 삶의 몸에서 불필요한 것들을 깎아내고, 깎아내면서 단단한 마음의 근력 같은 간결한 지층 혹은 심층의 언어를 드러내고 있다. 시간을 견딜 수 있는 언어들이란 대개가 시간의 요구에 저항하면서 능동적인 근력을 만들었기에 생겨나는 것이다. 물론 일상의 삶에서 이런 표현은 굳이 필요하지 않다. 소통되지 않을지도 모른다. 그러나 서정의 언어는 삶을 삶답게 지탱해 주는 감정의 뼈대이므로 삶의 정(情, 精)을 통찰케 하여 새 삶을 세운다. 그리하여 시의 언어를 이해하는 것은 마치 고원의 퇴적층에 누워 있는 '象' 모양의 뼈를 보며 '코끼리'를 상상하는 것과 같은 것이며, 이 글 또한 이런 탐색으로 시작되었다.

세 번째 시집 『아픈 곳마다 꽃이 피고』에서 "녹슨 철조망가 풀숲에서 사마귀 한 쌍이 교미를 하고 있었다 푸른 날개, 수컷 꽁지 끝이 파들파들……, 암컷이 작은 눈으로 도취한 수컷의 대가리를 노려보다가 먹기 시작한다// 시인 K가 약속 장소에 오지 않는다 시학(詩學)에 몰두하고 있다나? K의 머리통을 빨아들이며 융기하는 문자들이 방을 옮기며, 미끄러운 문 앞에서 흩어지다, 갑자기, 안으로, 안으로 빨려드는"(「몰두(沒頭)」 전문)이라는 장면에서의 암컷은 수컷의 도취와 잡아먹는 것까지를 자연의 법으로 주관하는 자아이고, 잡아먹히는 수컷은 그저 '도취'된 존재자이다. 이 시의 '도취'에 대한 해석은 분분하겠지만 분명한 것 중 하나는 '제 만족에 자신을 잃은 상태의 도취'라는 것이다. 자기를 잃었으니 아픔을 느낄 감각기관도 없고 자연의 법을 주관할 힘도 없다. 따라서 제3시집의 「몰두(沒頭)」에서는 수컷의 무력함과 암컷의 냉혹함이 도드라져 보인다.

그러나 이번 시집의 「가을, 사마귀 교미 중에」에서의 수컷은 그런 '도취'를 넘어서 자연의 법을 의식하고 능동적으로 자기를 내어주는 존재의 자아로 왔다. 자기를 잃고 그저 도취해 있는 무력한 존재가 아니라 자기의 생을 관통하는 자연의 법을 알고 '자기 잃어주기'와 '먹힘'을 수행함으로써, 암컷과 동등한 주관자로 상승하고 있다. '잡아먹히는 행위'를 슬픔이나 고통이 아니라 능동적 자연함으로 수행하는 상태, 시인은 이를 '어짊'이라 했다.

시집에 자주 등장하는 시어들은 '빈집', '환멸', '눈물'과 '눈물이 마른' 등이다. 그런데 '빈집' 이전에 빈집에 들어 있던 삶의 내용이 불분명하다. 환멸 이전의 환멸을 일으킬 수밖에 없었던 삶도 그렇다. 마찬가지로 '눈물'과 '눈물이 마른'에서도 원인에 해당하는 삶 역시 없어 보인다. 그래서 막연한 감정에 허덕이는 것 같아 보인다.

그러나 그의 의식이 이미 '빈집'이고 '환멸'이고 '눈물이 마른 상태'라면 굳이 그런 연원을 증빙할 까닭은 없다. 정작 따져 볼 것은 그가 수컷의 잡아먹힘을 왜 '대가리부터 파먹히는 어짊'이라고 했는지 생각을 더 진전시켜 보는 것이다.

왜 '어짊'이라고 했을까? 수컷 사마귀가 운명에 대해 더 이상 분별적 생각을 일으키지 않고 기꺼이 전부를 내어주는 것을 비의(秘義)로 읽었기 때문일까? 진실로 그러하다면 자의식과 결부된 욕망의 구체들이 가진 '환 (幻)'을 읽어, 이것을 없애 버린 '빈집' 곧 환멸(幻滅)의 상태에 그의 의식이 벌써 도달했을지 모른다. 암컷에게 잡아먹히는 것을 자연의 법으로 수행하는 상태가 된 것처럼. 그러나 확정하기에는 비애가 과도하다. 그의 의식은 '幻의 滅'에 도달해 있는 것이 아니라 아직은 그리로 진행 중에 있고, 그리하여 마침내 환이 멸해진 비움에 자연의 법이 온전하게 될 때 삶 역시 비로소 '온전한 어짊'으로 전화하게 될 것이다.

'빈집', '환멸', '눈물', '눈물이 마르는' 등의 시어들은 시인의 가족 구성원 변화와 직접 연관되어 있다. 아버지와의 사별 뒤에 이어진 아내와의 이별, 두 누님과의 연속적 사별, 다시 곧 어머니와의 사별! 그의 사적 아픔이다. 이에 대해 소상

히 알 수도 없고, 말할 수도 없지만, 다만 "구운 햄이 얹어진 물 말은 밥숟가락을 들고/이 밥 다 먹으면 엄마 와?/ 외할머니를 쳐다보던/ 다섯 살 어린 눈동자에 어렸던 마음"(「불안」 부분)에 생각을 집중하여 그의 '눈물'에 근사(近似)해 보기로 한다.

자기 생으로 얽혀 있는 가족들의 죽음이 연속된다는 것, 삶에서 풍요의 동력이 제거된 것이다. 이러한 삶의 '불안'들이 합쳐지고 합쳐지다가 형상을 얻어 '사랑을 잃은 자의 슬픔'으로 변주된 것이 이 시집의 표제 시 「사랑, 그 뒤에」이다.

나는 믿어왔다, 빈집을 떠나
햇살 멍드는 바다 끝 하늘로 당신이
사라지고
집중되는 바람소리,
빈 눈에 쓸어안고 말라가는 영원의 날을.
그러나 당신
산산이 부서져 흩어진 날로부터,
바삭거리며 마르는 검은 눈동자의
나는
당신
살 냄새 한 점 걸리지 않는 거미줄을 치고
밤이슬에 젖어가며

처마 밑을 기어 다니는

눈 먼

늙은 거미가 된 것인가?

-「사랑, 그 뒤에」 전문

자아는 '사랑을 잃은 자의 슬픔' 역시 어쩌면 그가 보고 있는 환(幻) 중에 하나임이 아닐까 하는 의심에 닿는다. 물론 시인은 이별 이후에도 지워지지 않는 사랑의 형태가 있어 '영원의 날'을 믿어 의심치 않지만, 한편으로는 그것 역시 부질없이 지은 환(幻)일지 모른다는 또 다른 차원의 의문에 와 있다. 그리하여 자아는 '늙은 거미'를 변화와 소멸 속에서 영원성을 함께 시인하고 긍정할 수 있는 '어짊'의 상관물로 읽어내게 되고, '거미'는 마음을 일으켜 욕(慾)을 만드는 일을 하지 않고 몸 안에 들어와 있는 자연의 법을 따르는 존재(그래서 '늙은 거미'에서 '늙은'의 상태가 중요함)의 '빈집'에 있다. 이때의 '눈 먼 거미'는 '사랑, 그 뒤'의 처참한 상태가 아니라 사랑이 지은 감정의 환을 멸로 전화한 존재라는 의미를 내포한다. 수컷을 잡아먹는 암컷의 '몰두'에서 눈길을 거두어 수컷이 그 자연의 법을 능동적으로 받아들이는 문에 도달하게 된 것처럼. 이 지점에서 우리는 그의 '빈집'에 제행무상의 '살림'이 차려지는 희망을 기대하게 된다.

그러나 아직 슬픔이 과해 보인다. 그런 이유일까? 「가을, 사마귀 교미 중에」를 보면, '늘'이라는 부사가 아니라 '간혹// 나를 비롯한 사람들을 모를 때가 있다'라고 하듯 굳이 '간혹' 이라는 부사가 강조된다. 삶이 몸을 가지고 있고, 몸이 있는 한 욕을 지어내지 않을 수 없는 것이며, 따라서 환(幻)을 완전하게 제거해 냄은 불가하다. 환은 계속 지어질 것이다. 시인도 그것을 안다. 그래서 그는 눈물이 마를 때까지 울 요량이다. 눈물의 체험을 통해 '눈물'로 환을 멸하는 '어짊'의 상태로 돌아갈 수 있다는 고통의 의미를 깨달은 연륜에 이르러 있기 때문이다.

환을 멸하는 삶은 어떤 삶인가? '대가리'를 내어주는 '어짊'의 삶이다. '대가리'는 환으로서의 분별을 일으키는 공장이다. 이 공장을 스스로 멈춰버리는 것! 왜? '사마귀'의 스스로[自] 그러한[然] 삶을 다하는 것, 그것이 자식으로 이어지는 영원한 삶을 '잇게-있게' 하는 우주의 법이므로, 의식하지 않아도 절로 그리 될 때 그가 말하는 '어짊'의 삶을 살게 될 것이다.

이것은 쉬운가? 그렇지 않다. '바삭거리며 마르는 검은 눈동자'의 시간이 쌓이는 늙음이 필요하다. 삶의 '늙음'! 이 생리의 기호는 그에게는 우선 '눈물'이다. 운다는 것, 그것이 그 무엇과 알몸의 자기를 만나 자아를 심연으로부터 스스로 떠오르게 하여 드러내게 될 때, 눈물은 자아를 말려 죽이는 게 아니라 오히려 풍성하게 살린다. 그러할 때의 눈물은 환(幻)이 없는 삶의 바탕을 살리는 동력으로 전화하게 되고, 비로소 존재론적 지위를 획득하게 된다.

> 밀가루를 이고 연탄을 꿰어 들고
> 눈길 걸어와 물 끓여 수제비 뜨며
> 울고 있는 어머니
> 눈물 말라붙어 눈이 발갛던
> 미소가 하늘에서 번져왔다
>
> -「초겨울 어린 자식들과 포도를 먹다가 껍질 벗겨진 포도 알의 핏줄을 보며 어머니 눈동자가 서러워」 전문

힘들었던 시절이 떠올랐다. 그때 어머니의 눈물의 의미는 무엇이었을까? 새끼들을 위해 당신 마음으로 짓는 모든 환(幻)을 내려놓는 행위였다. 힘들고 고통스럽다는 생각조차 쏟아내는 행위, 그래서 '말라붙어'야만 되는 눈이었다. "눈물 말라붙어 눈이 발갛던/ 미소"가 되어야만 하는 행위였다. 그런 눈을 가질 때에만 미소가 하늘에 번질 수 있다. 그렇게 눈물은 환을 비우는 행위이다. 비워서 욕망이 아닌 자연의 법으로 흐르는 상태! 그럴 때 '대가리부터 파먹히는 수컷'을 '어짊'으로 부를 수 있는 것이다. 애비도 그 어머니와 마찬가지이다. 자기 머리

를 비워야 한다. "다시 질척이고 있는/ 나를 감아 버리고/ 지난 일들은 내려놓아야 하지 않겠느냐/ ……애비라는 것이 되어서"(「퇴원하고 나와 새벽에 방문을 열고 잠이 든 자식을 보며」 부분)로 진행하는 상태, 바로 "나는 간혹// 나를 비롯한 사람들을 모를 때가 많다."의 상태이다. 머리를 주어버렸으니 어찌 알랴. 눈물을 통해 '나'라는 자아가 짓는 분별적인 환을 쏟아내고 그 텅 비움에 비로소 본연의 삶을 온전히 들여놓게 되는 것을 느낄 뿐!

그러나 앞으로도 그가 울 일은 많을 것이다. 삶은 진정시켜도 끊임없이 욕을 일으킬 것(노자할배의 말처럼 化而欲作 -도덕경 37장)이고, 그러면 다시 눈물(노자할배는 無名之樸으로)로 덜어내야 하기 때문이다.

그는 욕을 비우는 눈물에 얼마만큼 철저한가? 너무 많은 눈물 가운데 슬픔을 슬퍼하는 눈물도 있고 슬픔에 강제당하는 경우도 있다. 어쩔 줄 모를 때도 그는 운다. 하지만 이와 같은 눈물이라고 할지라도 '알몸의 자기'를 만나는 행위가 아니라고 단정하지 말자. 아직 그의 마음에 정체가 불분명한 - 모든 욕망은 정체가 불분명하다 - 감정들이 끓고, 그로 인해 그의 눈물이 삶의 철저한 엄정함에 완전히 이르렀다고 할 수 없지만, 그는 아직 살아 있으므로 우는 것이며, 그럼으로써 분별되기 전의 바탕 - 통나무[樸], 빈집 - 과 같은 마음 한켠에 우리를 이끌게 되는 것이다.

여기서 조금 더 나아가 살펴야 할 점은 눈물을 멈춘 허정하고 명정한 그의 마음에 비친 세상의 모습은 어떨까 하는 것인데, '눈물'이 사적 감상에 갇혀 버린 것은 아닐까라는 혐의(嫌疑) 속에서도 다음 시에서 이를 넘어서는 가능성을 본다.

주린 창자로 흘러오는 밥물같이 따스한 달빛

밀린 육성회비 이고 오던 엄마 발자국, 사북사북

눈길에 쏟아지다.

-「만월(滿月)」 전문

육화(肉化)된 풍경화다. 풍경에 가닿는 마음이 육화되었고, 풍경이 나에게 오는 길이 육화되어 있다. 그래서 그 만월의 풍경과 시인이 하나다. 그런데 보통 육화되었다면 언어적 욕심에 의한 굴절 현상이 일어나기 마련인데, 어떻게 되었기 때문에 육화되어 있으면서도 목소리가 따뜻한 달빛같이 자연스러워졌을까? 무욕의 상태이기 때문일까? 언어로도 욕(慾)으로도 탐하지 않고 자기 명정한 육신에 풍경이 담긴 상태, 그럼으로써 욕에 의한 굴절 현상이 일어나지 않은 것일까? 아마 그러

했으므로 고됐던 삶이 자연함으로 살아나게 되었으리라. 분별없이 내리는 가득 찬 달빛은 "주린 창자로 흘러오는 밥물같이"로 변주되고, 공부 잘했던 이규배 시인의 최대 걱정인 "밀린 육성회비 이고 오던 엄마"로 다시 한 번 더 변주되면서, "사북사북" 축복처럼 쏟아진다. '만월'이다. 삶이 삶으로 살아나는, 시인마저 은혜 받은 사람으로 살아나게 되는 '만월의 풍경화'이다.

분별 짓는 마음을 이렇게 덜어내게 될 때 세상 한켠에서 우리는 삶을 삶의 원형으로 조금씩 회복해 나아갈 수 있을 것이다. 무참히 밟히는 가운데서도 원형으로 향하는 오리지널한 모습의 삶을 비추고 가져올 것이다. 그게 바로 "대가리부터 파먹히는 수컷의 어짊을// 이해하노라!"의 그 '이해'에 담겨져 있는 명정이다. 욕이 씻겨나간 우주적 마음[현람(玄覽)]도 마음을 짓지만, 이 마음은 소유 본능에 의하지 않고 존재적 본성에 의한 마음, 비교하고 소유하고 지배하는 마음이 아니라 생명적 관심을 나누고 성장하기를 바라며 즐거워하는 마음이다.

> 신부는 저녁밥을 지어놓고
> 문설주에 대인 귀가 붉어졌을 것이다 신랑은
> 세상에 졌거나 이겼거나 신부에게 돌아오니

신부의 귓불은 또한 뜨거워졌을 것이다
평생에 죄를 짓지 못하는 물빛 신랑은
하늘 한번 올려다보고 땅 한번 내려다보고
간혹 한숨을 절뚝이다가 돌아왔을 것이지마는
도란도란 김이 오르는 밥상 앞에 앉았을 것이고
찌개 냄새 나물 냄새 숟가락 소리 젓가락 소리
웃음을 나누던 어느 달빛 아래
속눈썹은 떨리다가
물빛 구슬이 구르기도 했을 것이다
석 삼 년 석 삼 년
마주보는 달빛 구슬은 굴러
더러 깨어져 모가 났던 마음도 둥글어지고
석 석 삼 년 석 석 삼 년
거울처럼 닮아진 두 마음에 소스라쳐
소스라치며 궁구르는 화안한 구슬들이
정갈한 빛깔로 반짝이는 행복한 밥상,
그렇게 마주앉은 신부와 신랑이었을 것이다

– 「행복한 저녁 밥상 – 박재삼의 「흥부부부상」조」 전문

물론 부부관계이니 비교도 소유도 지배도 없어야 할 것이다. 하지만 이것은 이상일 뿐, 사회관계가 옮겨져 가장 견고하

게 뿌리박은 곳이 또한 부부관계다. 당장 우리의 현실을 둘러 보아도 그렇다. 그러나 그는 마음의 명정을 짓고자 한다. "세상에 졌거나 이겼거나" 돌아오고, 돌아옴에 있어 스스로 "하늘 한번 올려다보고 땅 한번 내려다보고" 천지간 사람의 길을 생각하고, "평생에 죄를 짓지 못하는" 마음이 되어 오는 집! 바로 이 '집'에서 서로 도타워지는 생명 애정을 나누는 밥상 앞에 "속눈썹은 떨리다가 / 물빛 구슬이" 구르고, 그렇게 "더러 깨어져 모가 났던 마음도 둥글어지고" 다시 "거울처럼 닮아진 두 마음"이 마주앉는 행복이 오르는 것이다.

그의 '눈물'은 곳곳에 이런 저녁밥상이 차려지는 세상을 꿈꾸는 또 다른 생리의 기호일 것이다. 비교하고 소유하고 지배하는 마음의 환(幻)을 눈물로 쏟아내고 멸(滅)하여 빈집으로 만들고, 그리하여 그 텅 빈 마음에 환이 아닌 자연이 흐르게 하는, "대가리부터 파먹히는 수컷의 어짊을// 이해하노라!"에 그의 '눈물'은 있고자 한다.

진실로 그러한 단계에 그의 '눈물'과 '그'는 오롯이 있고자 하는 걸까? 확언할 수 없지만, 다음 시에서 이를 엿볼 수 있겠다.

물이 마른 수로, 붕어의 비늘은 고통스럽다.
달이 깊어지면서 지느러미는 수초와

함께 생각한다. 깊은 물을 찾아 떠나야하는데
아무래도 그러한 재치는 비겁하다는 생각이다.
입술이 닫힌 녹슨 수문 11월의 수로에서
위액(胃液)이 역류하고 견딘다는 의미는
배꼽의 통증을 잊는 체념으로 바뀌어간다.
입을 열어 물고 검은 하늘로 오르고 싶지만
윤회에 대한 확신은 11월 수로에서
산다는 것을 비루한 집착으로
바꾸어 놓는다. 열리지 않는 수문
비늘이 마른 수로는 역시 수로가 아니다.
한때 서로의 몸이 적셔졌을 뿐, 그렇다
무엇이 위대한 것인지 생각하려들지 않을 뿐
말라 얼어가는 수초 속 꿈틀대는 지느러미는
달빛 비린 눈동자를 믿기로 한다.

-「11월 수로(水路)에서」 전문

사마귀들의 죽음의 정사에서 수컷의 어짊을 읽을 수 있는 것은 머리가 좋아서도 아니고 시각을 잘 잡아서도 아니다. '삶을 삶으로 다 살아내는 지독함에서 역류하는 위액의 언어'처럼 올라오는 것이다. 단지 견딤만이 아니라 지킴에서 마음의 새 근육으로 생겨나는 것이다. 쉽게 휩쓸려가지 않고, 위대한 구원을 바라지도 않고, 말라 얼어가는 수초 속에서도 지느러미를 꿈틀대며 '달빛 비린 눈동자'를 양식으로 삼을 줄 알 때 생겨나는 통찰이다. 그는 지금 견디면서, '달빛의 비린 눈동자'를 삼키며, 지켜야 할 가치를 위한 새 언어의 기관(organ), '머리부터 파먹히는 수컷의 행위'를 '어짊'으로 노래하는 새로운 삶의 기관을 만들고 있는 중이라고 믿는다. 그 일은 고통스러울 것이다. 하지만, 그는 "물이 마른 수로, 붕어의 비늘은 고통스럽다"(「11월 수로에서)라는 것을 이미 알고 있고, 알고 있으므로 비겁해지지 않으려고 한다. 그의 삶 또한 '비린 눈동자'여야 하므로!

이규배 시인의 네 번째 시집 발간을 축하하며 다음 시의 마음을 내 마음으로 옮겨 읽으며 글을 마친다.

여기서 손을 놓쳐 버리고 마는 것인가?

아뜩한 새벽 밑바닥.

숨을 쉴 힘이 남았다면, 바람이여

더 울어야 하리.

-「미명(未明)에」 전문

시집 후기

| 시집 후기 |

가을이 깊어지려 할 때

나 가르치느라고

중학교 못 가고 아이보개 갔던

막내 누님이 있었다.

다행히 살아 있다.

둘은 늙어가고 있었다.

서로의 희어지는 머리카락을 숨기고

돌아서 온 한밤중

나는

귀뚜라미 울음 속에서

가지들이 잘려진 감나무를 보고 있었다.

볼이 붉어지는, 감나무 곁 대추나무 알알이

익어가던 어린 누나의 꿈

나는

오십을 앞두고 박사학위를 받았다.

나는 내 인생이

가지가 잘려져 나갔던 감나무의 청춘이 바라보던

간절하고 애달픈 꿈이었던 줄 몰랐다가

대추나무 아래에서

먹먹한 눈물을 흘리고

있었다.